Hola, miembros de la familia:

Aprender a leer es uno de los logros más importantes de la pequeña infancia. Los libros de *¡Hola, lector!* están diseñados para ayudar al niño a convertirse en un diestro lector y a gozar de la lectura. Cuando aprende a leer, el niño lo hace recordando las palabras más frecuentes como "la", "los", y "es"; reconociendo el sonido de las sílabas para descifrar nuevas palabras; e interpretando los dibujos y las pautas del texto. Estos libros le ofrecen al mismo tiempo historias entretenidas y la estructura que necesita para leer solo y de corrido. He aquí algunas sugerencias para ayudar a su niño antes, durante y después de leer.

Antes

- Mire los dibujos de la tapa y haga que su niño anticipe de qué se trata la historia.
- Léale la historia.
- Aliéntelo para que participe con frases y palabras familiares.
- Lea la primera línea y haga que su niño la lea después de usted.

Durante

- Haga que su niño piense sobre una palabra que no reconoce inmediatamente. Ayúdelo con indicaciones como: "¿Reconoces este sonido?", "¿Ya hemos leído otras palabras como ésta?"
- Aliente a su niño a reproducir los sonidos de las letras para decir nuevas palabras.
- Cuando necesite ayuda, pronuncie usted la palabra para que no tenga que luchar mucho y que la experiencia de la lectura sea positiva.
- Aliéntelo a divertirse leyendo con mucha expresión... ¡como un actor!

Después

- Pídale que haga una lista con sus palabras favoritas.
- Aliéntelo a que lea una y otra vez los libros. Pídale que se los lea a sus hermanos, abuelos y hasta a sus animalitos de peluche. La lectura repetida desarrolla la confianza en los pequeños lectores.
- Hablen de las historias. Pregunte y conteste preguntas. Compartan ideas sobre los personajes y las situaciones del libro más divertidas e interesantes.

Espero que usted y su niño aprecien este libro.

— Francie Alexander
Especialista en lectura,
Scholastic's Learning Ventures

A mamá, Linda,
y todos los Golombiks
— K.B.

Originally published in English as
The Blind Men and the Elephant

Traducido por
Susana Pasternac

ISBN13 978-0-439-06338-8
ISBN10 0-439-06338-8

Text copyright © 1992 by Scholastic Inc.
Illustrations copyright © 1992 by Annie Mitra.
Translation copyright © 1999 by Scholastic Inc.
All rights reserved. Published by Scholastic Inc.
SCHOLASTIC, MARIPOSA, HELLO READER, CARTWHEEL BOOKS
and associated logos are trademarks and/or registered
trademarks of Scholastic Inc.

17 16 15 14 13   14 15/0

Printed in U.S.A.   40
First Spanish printing, April 1999

Los seis ciegos y el elefante

Contado por Karen Backstein
Ilustrado por Annie Mitra

¡Hola, lector! — Nivel 3

SCHOLASTIC INC. **Cartwheel B·O·O·K·S**®
New York   Toronto   London   Auckland   Sydney

Allá lejos y hace tiempo vivían
seis hombres ciegos.
Aunque no podían ver,
aprendían sobre las cosas del
mundo de muchas maneras.

Podían escuchar la música de la flauta
con sus oídos.

Podían sentir la suavidad de la seda
con sus dedos.

Podían oler el aroma de la
comida y saborear el gusto de
sus especias.

Todos juntos se ocupaban de las labores de la casa y eran muy felices.

Un día, los seis ciegos oyeron
noticias muy buenas.
Había llegado un nuevo elefante
al palacio real.

Los seis ciegos habían oído hablar de los elefantes, pero nunca se habían encontrado con uno.
No sabían cómo era un elefante.

—Iremos al palacio real
—dijo uno de los ciegos—.
Así aprenderemos cómo es
realmente un elefante.

Y se pusieron en camino.
El palacio estaba muy lejos y después
de mucho caminar los seis ciegos
sintieron calor y sed.

Pero no quisieron detenerse.
Estaban muy impacientes
por tocar al elefante.

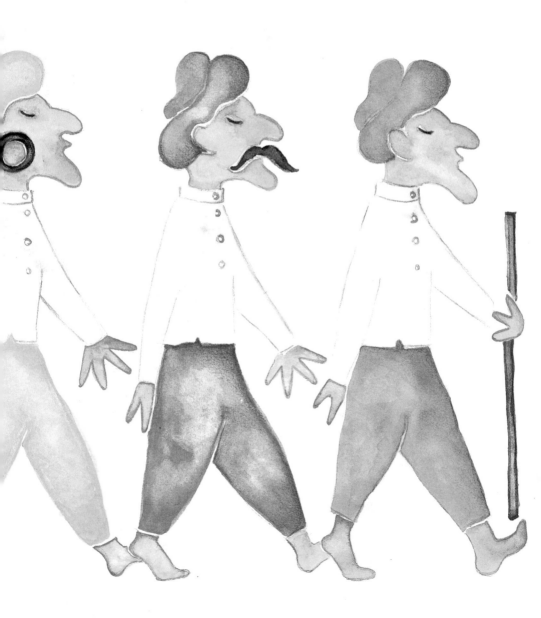

Finalmente, llegaron al palacio.
Un guardia salió a recibirlos.
Los seis hombres ciegos le
dijeron a qué habían venido.

—Por supuesto que pueden tocar al elefante —dijo el guardia—. Estoy seguro de que al príncipe no le importará.

El guardia condujo a los seis
ciegos al jardín, donde el animal
estaba parado muy tranquilo.

El primer ciego tocó un costado
del elefante.

"Es fuerte y ancho —se dijo—, pienso que el elefante es una pared."

El segundo ciego tocó la trompa
larga y redonda del elefante.
"¡Oh, es como una serpiente!",
decidió.

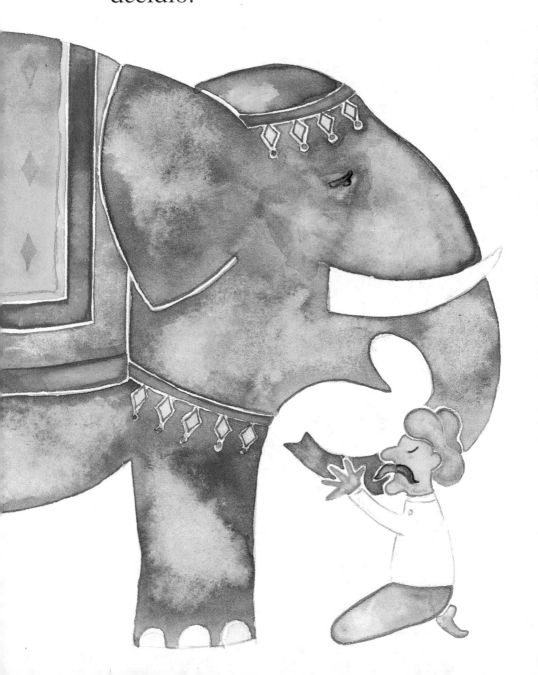

El tercer ciego tocó el liso
colmillo de marfil.
"¡Un elefante es tan afilado
como una lanza!"

El cuarto ciego tocó
la pata del elefante.
Pensó que era redonda
y firme como un árbol.

El quinto ciego tocó la oreja del
elefante.
La oreja era muy, muy grande.
El elefante la sacudió suavemente.
El quinto hombre se rió.
"¡Es igual a un abanico!"

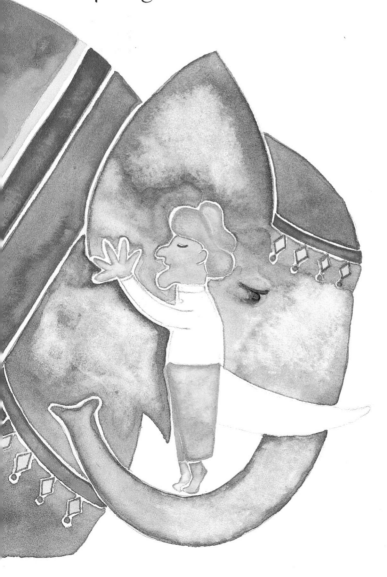

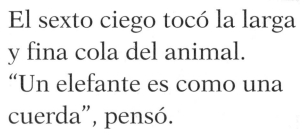

El sexto ciego tocó la larga
y fina cola del animal.
"Un elefante es como una
cuerda", pensó.

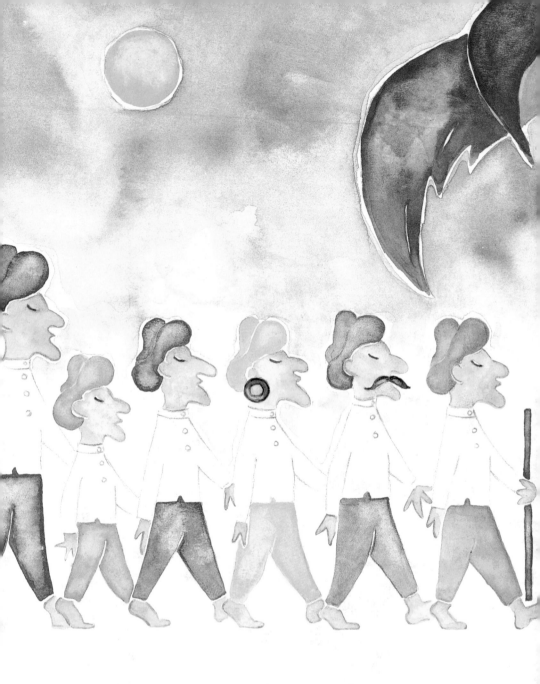

Era ya mediodía y el sol ardía
en el cielo.

El guardia llevó a los seis ciegos
hasta la sombra de un gran árbol.
—Aquí pueden descansar —les
dijo—. Les traeré un poco de agua.

Mientras esperaban, los seis hombres ciegos hablaron del elefante.

—Nadie me había dicho que un
elefante es como una pared
—dijo el primer ciego.
—¿Una pared? —dijo el segundo
ciego—. Oh, no, es como una serpiente.

El tercer ciego sacudió la cabeza.
—No hay duda, un elefante es como
una lanza.
—¡Qué dices! —dijo el cuarto ciego—.
Un elefante es como un árbol.

El quinto ciego comenzó a gritar.
¿Una pared? ¿Una serpiente? ¿Una
lanza? ¿Un árbol? Están todos
equivocados. Un elefante es como
un abanico.

—¡No! ¡Es como una cuerda!
—chilló el sexto ciego.

Pronto, el jardín se llenó de
voces enfurecidas.

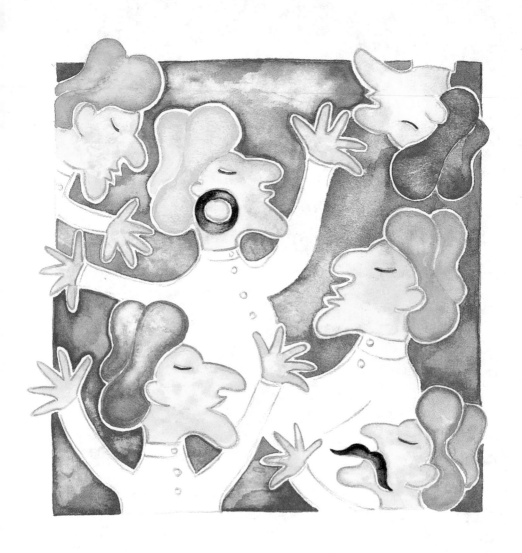

Eran las voces de los seis ciegos que
se peleaban por el elefante.

"¡Una pared!" "¡Una serpiente!"
"¡Una lanza!" "¡Un árbol!"
"¡Un abanico!" "¡Una cuerda!"

Finalmente, el alboroto despertó al
príncipe que dormía la siesta.
—¡Silencio! —ordenó—. ¡Estoy
tratando de dormir!

—Perdón —dijo el primer ciego—,
pero no logramos ponernos de
acuerdo sobre lo que es un elefante.
Todos tocamos el mismo animal,
pero para cada uno de nosotros, el
animal es completamente diferente.

El príncipe habló con suavidad.

—El elefante es un animal muy grande.

Su costado es como una pared.

Su trompa es como una serpiente.

Sus colmillos son como lanzas.

Sus patas son como árboles.

Sus orejas son
como abanicos.

Y su cola es como
una cuerda.

—Todos tienen razón. Pero,
todos están equivocados.
Porque cada uno de ustedes sólo
tocó una parte del animal.

—Para saber lo que es realmente un elefante, deben juntar todas esas partes.

Los seis ciegos pensaron en las palabras del príncipe, y comprendieron que era muy sabio.

—Les diré algo más sobre el elefante —dijo el príncipe—. Es un excelente medio de transporte. Ahora podrán volver a casa montados en él.

Así lo hicieron.

Y todos estuvieron de acuerdo en que esa parte había sido la mejor de todas.